A pequena chupa-cores

De tanto chupar em preto e branco, Carmilla acabou vendo a vida em cinza…
Draculivro

A Jean-François e Suzanne
O. L.

Esta obra foi publicada originalmente em francês sob o título
La petite buveuse de couleurs.
© 2011 Martins Editora Livraria Ltda., São Paulo, para a presente edição.
© 2008 Éditions Nathan, Paris, França.

Publisher	*Evandro Mendonça Martins Fontes*
Coordenação editorial	*Anna Dantes*
Produção editorial	*Alyne Azuma*
Preparação	*Mariana Echalar*
Revisão	*Denise Roberti Camargo*
	André Albert
	Dinarte Zorzanelli da Silva

Dados Internacionais de Catalogação na Publicação (CIP)
(Câmara Brasileira do Livro, SP, Brasil)

Sanvoisin, Éric
 A pequena chupa-cores / Éric Sanvoisin; ilustrações de Olivier Latyk; [tradução Maria Alice Araripe de Sampaio]. -- São Paulo : Martins Martins Fontes, 2011.

Título original: La petite buveuse de couleurs.
ISBN 978-85-8063-021-3

1. Contos - Literatura infantojuvenil I. Latyk, Olivier. II. Título.

11-03940   CDD-028.5

Índices para catálogo sistemático:
1. Contos : Literatura infantil 028.5
2. Contos : Literatura infantojuvenil 028.5

1ª edição maio de 2011 | **Diagramação** Patrícia De Michelis/Casa de Ideias
Fonte Times | **Papel** Couché 115g | **Impressão e acabamento** Corprint

Todos os direitos desta edição para o Brasil reservados à
Martins Editora Livraria Ltda.
Av. Dr. Arnaldo, 2076
01255-000 São Paulo SP Brasil
Tel.: (11) 3116.0000
info@martinsmartinsfontes.com.br
www.martinsmartinsfontes.com.br

ÉRIC SANVOISIN

A pequena
chupa-cores

Ilustrações de Olivier Latyk

martins
Martins Fontes

um

Pobre Carmilla...

Eu tive um sonho estranho: um desconhecido entrou na livraria do meu pai e sugou todo o conteúdo de um livro. Intrigado com esse comportamento esquisito, eu o segui até o cemitério. Chegando lá, ele escreveu seu nome no meu braço: Draculivro. Um ex-vampiro que virou alérgico a sangue. Graças a ele, comecei a chupar os livros com um canudinho e conheci sua sobrinha, Carmilla, a pequena chupa-tinta do meu coração. Juntos, inventamos um canudinho bifurcado para chupar os livrinhos a dois e transformá-los em páginas em branco...

Mas não era sonho. Eu tinha vivido tudo isso. Eu era um chupa-tinta de verdade.

De manhã, quando acordei, o pesadelo continuou, porque a minha namorada não conseguia se levantar.

– Odilon! – ela gemeu.

Fiquei de repente com o coração apertado.

– Carmilla, sua cara está horrível!

Ela soltou um suspiro interminável.

Deitada no caixão de dois lugares onde dormíamos juntos, ela mal se mexia, seu rosto estava cinza, e seus olhos estavam apagados.

Aflito, chamei o tio dela. Só Draculivro podia me tranquilizar. Eu não sabia nada sobre as doenças que atacavam os chupa-tintas. Aspirando com força as letras

impressas, também engolimos papel? Será que a tinta fresca dos livros novos dá dor de barriga? É perigoso usar um canudinho que não esteja bem limpo?

– E então, titio? O que a Carmilla tem?

Ele examinou a sobrinha durante vários segundos antes de responder.

– Não sei, meu querido Odilon. Mas é sério.

Entreguei um livro e um canudinho a Carmilla para que ela aspirasse algumas palavras. Ela empurrou o livro de volta sem nem abrir.

– Não consigo engolir nada – disse baixinho.

Ela não tinha mais nem um grama de energia nas veias. Fiquei com medo.

– Precisamos chamar um médico imediatamente!

Tio Draculivro pigarreou, constrangido.
– É que não tem nenhum médico na cidade dos chupa-tintas. Raramente ficamos doentes.
– Então, temos de trazer um de fora!
– É perigoso, Odilon. Ninguém sabe da nossa existência.
– Vamos pôr uma venda nos olhos dele e sequestrá-lo. Se ele contar alguma coisa, ninguém vai acreditar. Ele não vai ter nenhuma prova!

dois

Que estranho...

O MÉDICO NÃO QUIS nos acompanhar de livre e espontânea vontade. Tivemos de apavorá-lo. Titio Draculivro é assustador quando flutua a um metro do chão, metralhando a gente com seus olhos pretos da cor da noite e mostrando os seus longos dentes pontudos.

Em seguida, ele levou o coitado até Draculândia, que fica no subsolo da Biblioteca do Mundo. Depois que tiramos a venda e a mordaça, o médico protestou com vontade.

– Isso é uma vergonha!

Mas assim que viu a Carmilla, ele se acalmou.

– Interessante...

Ele se aproximou, olhando fixo para ela.

– Oh, oh, a pele está cinzenta, o fundo do olho está amarelo, a respiração está fraca...

Depois ele começou a auscultá-la, armado com um grande estetoscópio.

– Nada no pulmão. Que estranho... Os tímpanos também estão perfeitos. Não entendo. Tem uma colherzinha?

Draculivro arregalou os olhos como se fossem "O O" maiúsculos. Parecia completamente perdido.

– Está dizendo que pretende devorar a minha sobrinha com uma colherzinha? Err... como um ovo quente?

– Pare de brincar! Não está vendo que estou trabalhando? Quero olhar o fundo da garganta dela.

– Ah, é só isso. Infelizmente não temos esse tipo de utensílio. Um canudinho, pode ser?

– Tudo bem, eu me viro sozinho.

O médico tirou da maleta uma coisa parecida com um bastão de vidro...

– Que língua engraçada e que dentes engraçados! Vejam, é curioso... a garganta não tem nada.

Depois ele colocou em volta do braço da doente uma espécie de pulseira grande e encheu com uma bombinha de borracha.

– A pressão está baixa, muuuuito baixa. Esgotamento. Estresse. Está explicado!

– Ah, é? E o que podemos fazer para pôr Carmilla de pé? – perguntei, cheio de esperança.

O médico fez uma careta de triunfo.

– Nada mais fácil. Ela precisa de repouso e do ar puro da montanha!

E, assim, Carmilla e eu embarcamos num trem para a sua montanha natal. Os pais dela moravam numa cidadezinha perdida nas alturas. Eu nunca tinha me encontrado com eles. Finalmente ia conhecê-los...

três

Na casa da sogra e do sogro

QUANDO O TREM ENTROU na estação, meu coração batia como um tambor. Eu estava com medo de que eles não gostassem de mim.

Os pais de Carmilla esperavam na plataforma, só sorrisos. Eu tinha me preocupado à toa. Eles nem me olharam. Só tinham olhos para a filha, que não viam fazia quase um ano.

– Minha pobre criança, como está pálida! – alarmou-se Sylvania, a mãe de Carmilla.

Minha namorada tinha se cansado muito na viagem. Foi se deitar assim que chegou em casa. Fiquei sozinho com os pais dela.

– Está contente por ter se transformado num chupa-tinta? – perguntou Vlad, o pai de Carmilla.

– Radiante. Eu não gostava muito de ler, mas beber os livros é demais!

– E como aconteceu?

– Bom, um dia, surpreendi Draculivro... Enfim, resumindo, ele me ensinou a ter gosto pela tinta. Depois, Carmilla entrou para a minha escola, e eu me apaixonei por ela.

– A pobre criança está num estado lamentável – suspirou Sylvania. – Quase não a reconheci...

– Agora que ela está aqui com vocês, acho que vai melhorar muito – afirmei para levantar o moral.

Enquanto minha namorada dormia, para nos conhecermos melhor, os pais dela me ofereceram um livro para chupar com eles – uma história sobre um fantasma vítima de uma terrível maldição. Eu fui essa assombração enquanto aspirava a tinta do livro com o meu canudinho. Era uma história bonita e triste ao mesmo tempo, mas eu não parava de pensar em Carmilla e na doença que a consumia.

quatro

Carmilla é alérgica

FIZEMOS LONGOS PASSEIOS com Carmilla por trilhas e montanhas. Juntos, percorremos o vale a bordo de um teleférico. Pusemos para ela uma espreguiçadeira no jardim de frente para as neves eternas. Tentei encontrar livros fáceis de chupar, leves e divertidos. Mas ela não se entusiasmou com nenhum e não aspirou nem uma palavrinha.

Eu estava desesperado. O estado de Carmilla continuava a piorar. Os pais dela não sabiam mais o que fazer. Infelizmente, o ar da montanha não teve o efeito esperado.

Acompanhados de Vlad e Sylvania, pegamos o trem de volta para a cidade dos chupa-tintas, onde Draculivro nos aguardava. Fiquei aliviado ao revê-lo.

– Estou muito feliz em vê-los...

E bastou um olhar para constatar que o estado da sobrinha não tinha melhorado.

– ... e muito infeliz por Carmilla.

Ele se fechou com Vlad e Sylvania para decidir o que fazer. Aproveitei para vigiar Carmilla, que quase não saía mais de um sono doentio. Ela estava terrivelmente magra.

Quando finalmente vieram falar comigo, estavam tensos, mas tinham uma solução para propor. Um homenzinho com óculos redondos e uma barbicha branca vinha atrás deles. Eu não o conhecia.

– Achamos que Carmilla está doente da cabeça – explicou titio. – Acontece que, entre nós, há um psiquiatra chupa-tinta que pode fazer alguma coisa por ela...

– Um psi o quê?

– PSI-QUI-A-TRA – pronunciou devagar Sylvania. – É um médico que trata da mente.

O homenzinho que eu não conhecia deu um passo à frente.
– Bom dia. Meu nome é Freudkenstein!
Ele andou em volta de Carmilla, olhando-a com atenção, mas sem tocá-la.
– Na minha opinião, a paciente chupou um livro que não digeriu e ficou alérgica à tinta. Precisamos descobrir qual foi o livro e por que isso ocorreu.
– Se for apenas um problema de digestão...
– Não, é bem mais grave do que isso. As histórias que chupamos passam primeiro pelo nosso cérebro antes de chegar ao nosso estômago. Acho que a mente de Carmilla ficou profundamente chocada com alguma coisa.
Freudkenstein foi tão convincente que imediatamente começamos a revirar o quarto de Carmilla. E fui eu quem descobriu o livro: uma história de vampiros,

bebida pela metade, intitulada *O sugador de sangue*... Falava do conde Drácula, um personagem abominável que mordia as pessoas e sugava o sangue delas para se alimentar. Ele as matava e as transformava em vampiros.

– Aí está a causa de tudo – declarou o psiquiatra.

– Não compreendo – eu disse, irritado. – Somos chupa-tintas, e não vampiros! Não fazemos mal a ninguém.

– Hoje em dia, não. Mas, antigamente, nós bebíamos sangue. Carmilla descobriu que os pais e o tio foram vampiros comuns. E ela não aguentou.

– Mas tudo isso aconteceu há muito tempo. Draculivro mudou. Ele não faria mal a uma mosca.

– É justamente isso que você deve explicar a Carmilla.

– Por que eu? Não sou PSIQUATRO!

– Isso não tem nenhuma importância. Você é a pessoa que ela mais ama no mundo. É isso que conta.

cinco

O sugador de sangue

O DOUTOR FREUDKENSTEIN era um grande cara de pau. Ele me mandou enfrentar sozinho a doença de Carmilla.

Como falar com a minha namorada? Ela dormia o tempo todo!

Acariciando a bochecha e a testa dela, murmurei palavras doces e suaves.

– Carmilla, meu amor, abra os olhos e os ouvidos, eu tenho coisas importantes para dizer. Em primeiro lugar, eu amo você. Em segundo lugar, eu amo você. E em terceiro lugar, eu amo você. Em quarto lugar, o livro que você bebeu sobre o conde Drácula e seus amigos sanguinários não tem nada a ver com a gente. Os chupa-tintas não bebem mais sangue há muitos e muitos anos. Você e eu nunca chupamos sangue. E se o tio Draculivro, a sua mãe e o seu pai mordiam as pessoas, era para sobreviver. Você precisa perdoá-los. Eles mudaram.

Carmilla continuava impassível, prisioneira do sono. Mas eu tinha certeza de que ela estava me ouvindo.

Para entender o que ela tinha sentido, mergulhei nos últimos capítulos de *O sugador de sangue*. Fiquei chocado com as cenas que descreviam com detalhes horripilantes os banquetes do Drácula.

Eu estava arrasado. Nunca imaginei que fosse possível ficar doente chupando um livro. Achava que os livrinhos só podiam fazer bem. Estava enganado. Também existiam livros assustadores...

Carmilla estava definhando por causa do *Sugador de sangue*. Eu precisava fazê-la tomar gosto de novo pelos livros sem perder um minuto sequer. E, como ela não podia mais chupá-los, decidi ler em voz alta para ela... Logo eu, que detestava ler!

seis

A pequena chupa-imagens

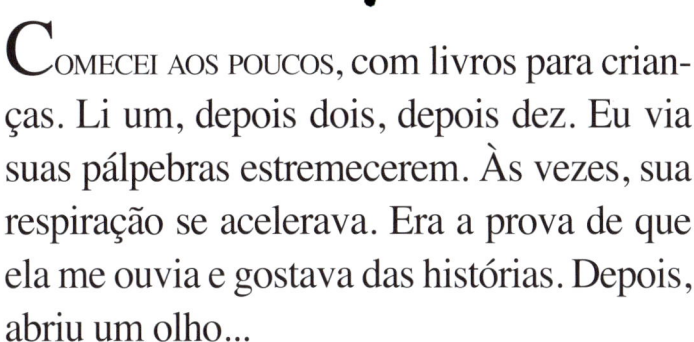

Comecei aos poucos, com livros para crianças. Li um, depois dois, depois dez. Eu via suas pálpebras estremecerem. Às vezes, sua respiração se acelerava. Era a prova de que ela me ouvia e gostava das histórias. Depois, abriu um olho...

Como ainda estava fraca, foi só por um instante. Mas ela fez de novo, dessa vez com os dois olhos.

E por mais tempo. Eu ficava vigiando esses instantes, angustiado. Tinha medo de que não se repetissem. Então eu lia, lia, lia...

Era uma vez um pai livreiro. Ele adorava livros. Ele os devorava. Era um ogro. Lia o dia inteiro e, às vezes, também à noite...

Quando ela acordava, eu lhe mostrava as imagens. Nós as examinávamos juntos. Os olhos dela se iluminavam como duas lâmpadas. No fim do terceiro dia, eu disse:

– Se você não consegue engolir as palavras, tente chupar os desenhos...

Eu tinha trazido um canudinho, mas ela não fez nenhum movimento para pegá-lo.

– Agora não. Ainda estou com o estômago revirado.

Ela sorriu, e a má aparência desapareceu de repente.

Os dias foram passando e, pouco a pouco, Carmilla foi recuperando a alegria de

viver, mas não o apetite. Então, comecei a ler livros um pouco mais grossos, contos e romances para crianças. Depois, tentei descobrir como ela havia perdido o gosto pelos livros.

– O que fez você ficar doente? Você se lembra?

– Acho que chupei um livro que não era para a minha idade.

– Podíamos ter bebido o livro juntos. Comigo, você não teria medo...

– Eu não sabia que ele ia ficar atravessado na minha garganta. E, apesar de estar apaixonada por você, eu preciso ter meus segredinhos e, às vezes, saborear um livro sozinha.

– Ah, está bem – resmunguei de mau humor. – Se é assim...
Eu estava com muito ciúme. Não queria me separar de Carmilla nem por um minuto, nem por um segundo.
– Odilon?
– Quê?
– Quero fazer uma pergunta.
– Vá em frente.
Ela se concentrou como se as palavras não quisessem sair da sua boca.
– As pessoas que são mordidas pelos vampiros morrem? Quando chupamos um livro, você acha que matamos a história?
– Foi o *Sugador de sangue* que pôs uma ideia dessas na sua cabeça?
Ela murmurou um "sim" tímido. A minha resposta era muito importante para ela. Então pensei muito no que ia dizer.
– O livro não é um ser vivo – respondi.
– A história é que está viva. Quando você

chupa uma história, ela não morre. Ao contrário, ela continua viva em você. Ela não se apaga nunca, nem quando todas as páginas do livro ficam em branco.

– Tem certeza?

– É claro! E, depois, você está se esquecendo de um detalhe. Em vez de jogar no lixo o livro que você acabou de chupar, você pode escrever nele. É como um caderno. Você pode começar uma nova história, que alguém vai chupar algum dia, e assim por diante...

Os olhos de Carmilla começaram a brilhar como dois pequenos sóis. Eu fechei os meus para não ficar ofuscado.

A pequena chupa-tinta da minha vida pegou um canudinho e o mergulhou num livro cheio de imagens para crianças, o primeiro que eu tinha lido. Ela começou aspirando as ilustrações, depois as palavras das legendas que as acompanhavam.

Suas bochechas ficaram da cor dos desenhos. Eu as beijei. Elas cheiravam a tinta fresca e papel novo.

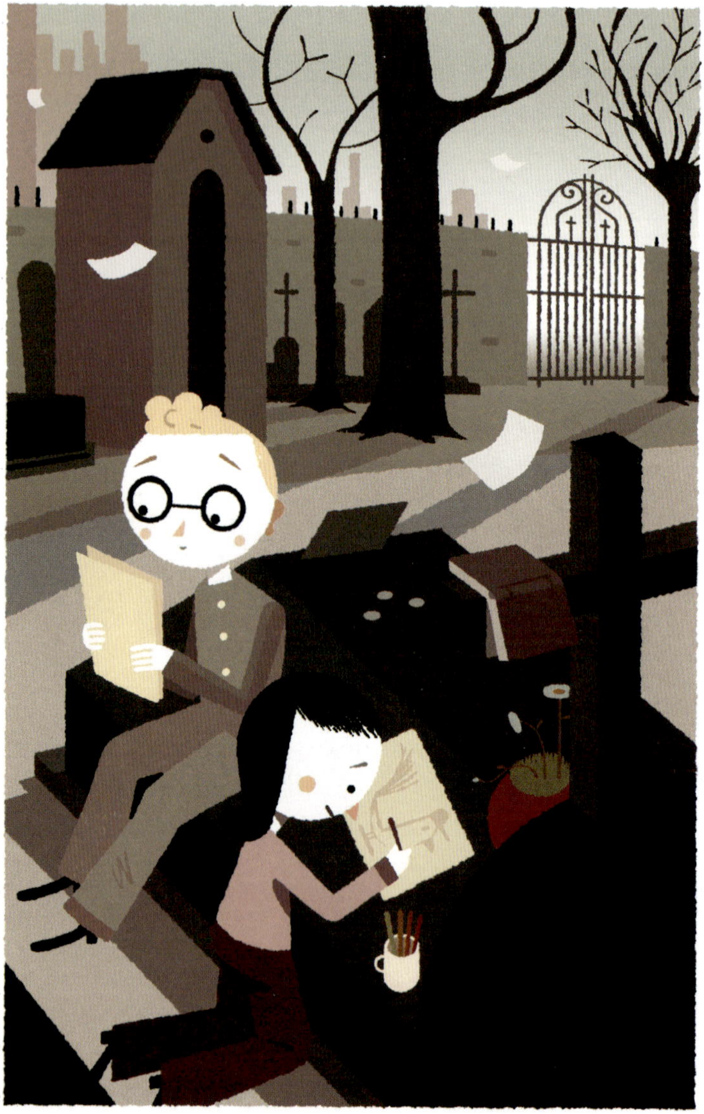

sete

Um lápis para dois...

Agora Carmilla está curada. Mas a doença dela mudou nossa vida. Chupamos menos livros com o canudinho para dois. E, ainda por cima, ela pôs na cabeça que vai preencher todos os livrinhos que chupamos. Mas ela não escreve neles, como eu sugeri. Ela desenha!

Carmilla descobriu que tem paixão por lápis de cor e pintura. Ela não se cansa de inventar personagens e criar paisagens.

Então, isso me deu uma ideia. Quando vejo as ilustrações de Carmilla, me vêm à cabeça palavras, depois frases e parágrafos. E quando ponho tudo isso junto, crio histórias. Vlad e Sylvania ficam maravilhados com as nossas criações. Eles decidiram se mudar definitivamente para a cidade dos chupa--tintas. Draculivro encontrou uma bonita cripta para eles, a dois passos da nossa.

Agora, Carmilla e eu já sabemos a profissão que vamos seguir: autores de livros juvenis. Mas não vamos deixar para mais tarde, quando formos grandes, não. Vamos fazer isso já! E, é claro, começamos contando a nossa história.

Hoje de manhã, minha namorada não conseguiu se levantar...

Tio Draculivro ficou muito surpreso com a nossa ideia.

– Para ajudá-los, vou corrigir os erros de ortografia.

– Não precisa, titio. Não é preciso ser bom em ortografia para escrever lindas histórias!

Ele foi embora, resmungando com os seus botões:

– Falta de concordância dá azia, e erros de gramática têm gosto amargo...

– Você não devia ter dito isso – me falou Carmilla, morrendo de rir. – Acho que ele se ofendeu.

– Não tem problema – suspirei. – Para me desculpar, prometo inventar uma história que vai se chamar *O chupa-erros de ortografia*. E sabe de quem é o papel principal?
– Não.

– Do Tio Draculivro, é claro!!!

Sumário

um

Pobre Carmilla... 5

dois

Que estranho... 11

três

Na casa da sogra e do sogro 17

quatro

Carmilla é alérgica 21

cinco

O sugador de sangue 29

seis

A pequena chupa-imagens 33

sete

Um lápis para dois... 41

Éric Sanvoisin

Éric Sanvoisin é um autor estranho: ele adora chupar tinta de livro com canudo. Por isso teve a ideia de escrever as histórias de Draculivro, Odilon e Carmilla... Ele acredita que quem ler este livro se tornará seu irmão de tinta, assim como há irmãos de sangue.
Se quiser saber mais, acesse o blog:
sanvoisin.over-blog.com

Olivier Latyk

Nosso ilustrador pede desculpas, mas está totalmente impossibilitado de escrever sua biografia. Perseguido por um vampiro contrariado, ele se escondeu no Alasca com quatro guarda-costas (que também são seus amigos).
Segundo as últimas notícias, ele continua criando imagens sem tremer muito.